再见时说再见

Rose Lagercrantz

〔瑞典〕罗莎·拉格克朗兹 著

Eva Eriksson

〔瑞典〕爱娃·艾瑞克松 绘

王梦达 译

人民文学出版社
PEOPLE'S LITERATURE PUBLISHING HOUSE

目录

第 1 章

暑假结束了，达妮也成了一名二年级的小学生。

"一转眼你都长这么大了！"秋季学期的第一天，外婆拉着达妮的手去上学，一边走一边感慨。

达妮自己也不是很明白，时间为什么过得这么快。

不过开学第二天，她就适应了自己的新身份。

老师宣布，按照学校传统，全班要去斯堪森露天博物馆郊游。这可是达妮升入二年级才能享受的特权。

自从车祸受伤后，达妮的爸爸整个暑假都住在医院里休养。随着新学期的到来，爸爸也能出院回家啦。

医生说，爸爸的一条腿可能不会和以前一样灵活了。

但对于达妮来说，重要的是爸爸终于回到幸福大街的黄色房子，这意味着她的生活重新充满了快乐。

有好吃的意大利面。

有好听的睡前故事……

……还有："晚安，晚安！睡个好觉，我爱你！"

达妮的爸爸出生在意大利，所以他都用意大利语说"我爱你"。

出院回家的第一晚，达妮的爸爸乔尼和从前一样，给达妮做了意大利面，读了睡前故事，用意大利语说了晚安。不过当达妮第三次给他爱的抱抱时，他显得有点着急。

乔尼急着去看电视上转播的意大利足球比赛。

足球可是意大利的体育强项。

有三支顶级球队——尤文图斯、那不勒斯和AC米兰，爸爸最喜欢的是AC米兰。

他当然不能错过比赛实况！达妮表示理解。

过了一会儿，达妮蹑手蹑脚地爬下床，想再给爸爸一个爱的抱抱。

达妮走进客厅，却发现爸爸调低了电视音量，拿着手机在打电话。

听见身后的动静，爸爸惊讶地转过头来：

"你怎么还没睡？"

就在这时，AC米兰的前锋进球了！

爸爸兴奋地欢呼起来。达妮悄悄溜回了卧室。

第 2 章

第二天一早，爸爸为达妮准备好了午餐盒，将她送到栅栏外。

"再见，达妮！在斯堪森玩得开心！"爸爸挥手向她道别。

达妮一边往后倒着走，一边冲爸爸挥手，走着走着"咚"的一声撞上灯柱……

……然后一屁股坐在地上！

爸爸一瘸一拐地赶了上来。

"痛不痛？"

"还好。"达妮调皮地一笑，一骨碌爬了起来。

她还想继续倒着走，结果被爸爸拦了下来。

"达妮……"爸爸犹豫地开了口，"薇拉下班后想来家里看看我们，你没意见吧？"

薇拉是爸爸住院时，在医院认识的护士阿姨。

"为什么？"达妮问。

"她想给我们做顿好吃的！"

"不需要，"达妮说，"你做的饭就很好吃！"

这倒是实话。达妮的爸爸非常擅长烹饪，特别是意大利面。

"拜托了，达妮，"爸爸央求道，"就欢迎一下薇拉嘛！"

达妮给了爸爸一个冷漠的眼神。

然后转过身向学校走去。

这次是往前正着走的。

一次都没回头。

第 3 章

达妮赶到学校的时候，全班已经在操场集合完毕。老师正准备向大家宣布郊游的注意事项。

　　"任何人不准擅自离队，单独行动，"老师说，"一旦发生走丢或迷路的情况……"

　　她顿了顿，表情严肃而认真。

　　"应该怎么办？"

　　小酷高高地举起手。

　　"害怕得大吼大叫。"

　　错。

　　"回到最后一次见到同学或老师的地点，等着其他人过来找你。"

大家点了点头。

"哪怕时间再长也要坚持在原地等候。要有耐心！"

大家再次点了点头。

"好，现在出发！"

大家排成两队，向停车场走去。

排队是达妮班级的强项。其他二年级的学生都不如他们排得整齐。

大家手拉手，齐步走。

负责开车的是小酷的爸爸。他经营一家汽车租赁公司。

小酷坐在副驾驶的位置上，手持麦克风充当导游。

"欢迎上车。"小酷等汽车发动后才开口说话。

"我们即将离开索尔纳，前往斯堪森露天博物馆。"汽车驶上大路后，小酷介绍道，"斯堪森露天博物馆内拥有斯德哥尔摩最大的动物园，我们可以看见各种野生动物，比如熊和狼，还有一些以前的老房子。"

小酷专业的解说令大家钦佩不已。

一开始都还好，大家有说有笑，时不时唱上两句。

第一个晕车的是尤纳塔。

接着所有人都开始犯恶心。

小酷掏出纸口袋，分发给想吐的同学。

好在他们很快到达了目的地，终于可以下车了。

第 4 章

首先，他们参观了历史建筑，这些老房子都是从瑞典各地搬来斯堪森的。

其中有一幢学校的平房，当时的学生都买不起纸和笔。

"孩子们只能在石板上写字，用兔毛刷擦拭字迹。"向导小姐打扮成当时老师的模样，耐心讲解道。

她将石板和兔毛刷分发下去，让大家亲身体验一番。

"我们屁股下面的凳子，一百年前就有人坐过耶！"薇琦说。

"你们坐在上面，只会噗噗噗地放屁！"本尼嘻嘻笑起来。

"我们没有放屁！"米琪愤怒地嚷嚷，蹭地从凳子上跳起来，扬起手里的石板打过去。

"我们从来不放屁！"薇琦气鼓鼓地补充。

场面变得一团糟，向导小姐不得不出面干涉。

　　"让我们来更多地了解一些历史知识。"她特意加重了语气，高高举起教鞭。

"当时的孩子如果在课堂上表现不好，老师就会用尺子打他们的手心。"

　　"有谁愿意上来试试？"向导小姐问。

　　全班顿时安静下来。

然后，他们去看了动物。

他们看到了狼獾、野猪和海豹。

大家围坐在草地上吃完了午餐，就到了一天中最激动
人心的时刻：参观斯堪森水族馆！

水族馆里不仅有各种各样的鱼，还有青蛙、蜘蛛和蛇。
有好几条蛇盘绕在一起，挤在一只巨大的水族箱里。

不远处站着一位饲养员阿姨，她面前的盒子里盘着一条蟒蛇。

"我估计谁都不敢上来摸摸这个小家伙吧？"饲养员阿姨问。

全班都沉默了。

突然响起一个声音："我敢！"

是达妮。

大家的脸上写满了崇拜。

"来吧！"饲养员阿姨鼓励道。

达妮走上前，小心地摸了摸蟒蛇的皮肤。软软的，干干的。

"很棒啊！"饲养员阿姨说，"还有谁想试试吗？"

没有了。

"我宣布，你是全班最勇敢的小朋友！"饲养员阿姨说。

大家纷纷点头表示赞同，只有薇琦和米琪不服气。

没过多久，达妮想去另一个展馆看猴子，却被她俩挡住了路。

"不许过来！"薇琦气势汹汹地说，"这儿你没必要看。"

"为什么？"达妮一头雾水。

"你照镜子看看自己就行了。"米琪吃吃笑起来。

她们为什么要这么说？

莫非她们觉得达妮长得像猴子？这么说也太伤人了！

达妮非常喜欢猴子，可这不代表她想长成猴子那样。

再说了，这对猴子也不公平！它们肯定也不想长成达妮这样吧？谁都希望保持自己本该有的模样嘛！

达妮的鼻子阵阵发酸，她转过身，跑出了水族馆。
泪水模糊了她的视线。

第 5 章

　　达妮低着头一路小跑，差点撞上一只大摇大摆的大肥鹅。

　　她只好放慢脚步，跟着大鹅一起往前走。

这不是达妮第一次来斯堪森，早先住在外公外婆家的时候，她就来过好多次。

当时达妮的妈妈过世了，爸爸太过伤心，根本无力照顾她的生活。

这一任务就由外公外婆承担了起来。

他们想尽各种办法，好让达妮尽快摆脱悲伤，重新快乐起来。

每个星期天，他们都带达妮去斯堪森玩。达妮也因此熟悉了这里的各种动物。

但身边的这只大鹅，她以前从没见过。

大鹅全身长满黑白相间的羽毛，嘴巴上还带着一点点红。

一群日本游客纷纷央求，为这对可爱的组合拍照留念。

拍照结束后，他们向达妮鞠躬致意，还送了她一袋日本太妃糖表示感谢。

大鹅继续大摇大摆地往前走。

这时达妮猛然想起来，这是全班郊游！

班里的其他同学都去哪儿了？她和大家走丢了吗？

达妮的第一反应就像小酷说的那样，害怕得大吼大叫。

不过她很快记起老师的叮嘱：

"回到最后一次见到同学或老师的地点，等着其他人过来找你。"

第 6 章

达妮以最快的速度跑回水族馆。

可是同学和老师已经不见了踪影。

她走出水族馆大门，四处张望。

其他人都去哪儿了？

太阳热辣辣地当空照着。虽然已经是秋天，可是夏日的余温迟迟不退，仿佛一个漫长而热情的告别。

达妮擦了擦额头上的汗水，站在高处的树荫下面，正好能看到水族馆的全貌。

她告诉自己，不要慌张，不要害怕，就在这里等其他人找回来。

老师说过，要有耐心。

用不了多久，班里就会有人察觉到不对劲：

"达妮呢？"

然后，老师就会问，是谁最后一个见到达妮的？

然后，薇琦就会举手喊道：

"是我和米琪！"

然后，米琪就会跟着嚷嚷起来：

"当时她想要看猴子，我们拦下她说了些不好的话……"

然后，薇琦就会忙着解释：

"我们是开玩笑的。"

然后，老师就会说：

"先别说这些了。赶紧去把她找回来！"

然后，薇琦和米琪就会找到她，向她道歉，和她言归于好。达妮一边想，一边剥开一颗日本太妃糖。

可是没有人出现。没有人注意到她不见了。

达妮又吃了一颗太妃糖，强迫自己想点开心的事。

她想起艾拉——搬去诺雪平的好朋友，心情果然好多了。只要一想到艾拉，达妮就觉得很快乐。

日本太妃糖实在太好吃了。她吃了第三颗，第四颗，第五颗，然后又擦了擦额头。

什么事都没发生。除了几只乌鸦围拢过来，争先恐后地抢夺丢在草地上的一截香肠。

过了一会儿，一位怒气冲冲的管理员阿姨走过来，要求达妮捡起散落一地的糖纸。

达妮乖乖照做。

"唉，保持耐心可真难呀！"达妮边捡糖纸边嘟囔。

终于，她的耐心没有了，太妃糖也没有了。

这时，总算有事发生了！

　　一群小学生嬉闹着冲上山坡，吵吵嚷嚷得震天响。一眼望去都是些陌生面孔。

我可不要加入这种班级。达妮一边想，一边小心地躲闪开来。

　　在人群最后，她突然捕捉到一个熟悉的身影。那个女孩不像其他人那样只顾往前冲，而是一蹦一跳地慢慢走。

　　走两步跳一下！再走两步，再跳一下！

　　达妮认识的人里，只有一个是这么走路的。

　　该不会是……这也太巧了吧！

　　是真的！

　　真的是……

　　真的就是！！！

　　"艾拉！"达妮惊喜地喊道。

　　那个女孩停下脚步。在看到达妮后，她忍不住欢呼尖叫。

她们俩朝对方飞奔过去！

"你怎么会在这儿？"达妮又惊又喜。

"我们班今天郊游。"

"我们班也是！"

艾拉疑惑地看看四周。

"那你的同学呢？"

达妮又一次陷入了沮丧。

"他们都不见了。不对，他们还在一起，只有我不见了！"

"没关系，你和我在一起啊！我们玩点什么呢？"

只要一见到达妮，艾拉都会这么问。

达妮不知该如何回答，一切发生得太突然了。

艾拉不耐烦地在原地蹦跶了几下。

"走，我们开溜吧！"

达妮有些犹豫。

"可以吗？万一被你们老师发现的话……"

"才不会呢！"艾拉信誓旦旦地说，"只要其他人不说，她永远都不会发现队伍里少了个人。"

达妮忍不住笑了。

"这也能叫队伍？"

五个男生在草地上推推搡搡，一个叠一个地扭成一团，活像水族箱里的那几条蛇。

　　趁诺雪平的老师忙着拉开他们的时候，艾拉一把搋住达妮的手。

　　"正好没人注意我们。预备——跑！"
　　没等达妮回答，她扭头就跑。

达妮该怎么办？

跟全世界最好的好朋友一起开溜，还是乖乖按照老师说的做？

当然选第一个！

达妮抛开所有顾虑，紧紧跟了上去。

第 7 章

　　基本上，达妮和艾拉每次见面，都会发明一种好玩的新游戏。

　　这一次，她们将游戏地点选在一百年前的教室里，艾拉假扮成一名传统而严厉的老师，达妮则是没做作业的淘气学生。

　　"七十八乘以八十九等于多少？"艾拉老师问。

达妮答不上来，假装接受了尺子打手心的惩罚。

她躲进墙角，假装哭得很伤心。

假哭可是达妮的拿手好戏。

她的哭声惊动了保安大叔。保安大叔探头进来查看情况。

"可怜的小家伙，"他小心问道，"出了什么事？"

达妮立刻安静下来，一声不吭。

"没那么夸张啦，"艾拉替达妮回答，"她就是假装哭着好玩的。"

"你确定吗？"

艾拉用力点点头，伸出胳膊亲昵地搂过达妮。

保安大叔嘟囔了几句，转身准备离开，突然在门口停下脚步。

"你们有没有看见一个走丢的小女孩，在找她的同学？"保安大叔问。

"没有，"艾拉肯定地答道，"我们未曾看见。"

保安大叔走了。

"我们俩是最好的好朋友！"艾拉在他身后高喊。

"全世界最好的好朋友！"达妮纠正道。

达妮觉得，这么说显得更郑重。

她们抱在一起，目送保安大叔的背影越来越远。

这时，艾拉扭头看向达妮。

"你注意到了吗，我用了'未曾'这个词，"她骄傲地说，"以前的人都这么说！"

第 8 章

过了一会儿，她们玩游戏玩腻了，一前一后走出教室。

"他刚才说的就是我。"达妮叹了口气。

"这可不一定。"艾拉反驳道，"斯堪森这里，每天要走丢几百个孩子呢。你没听说吗？"

"每天？"

"嗯，要么是每两天。"

"走丢了之后呢？"

"他们就会掉进熊洞。怎么，老师没警告过你们吗？"

达妮仔细想了想。

"没。她只说，如果走丢的话，要回到最后一次见到同学或老师的地点等着。"

"那你回去了吗？"

"嗯。"

"那不就好了。你做得完全正确。"艾拉说。

"我看我还是回去吧。"达妮又叹了口气。

可艾拉觉得没必要。

"先玩一会儿再说嘛。"

"玩什么？"

"寻宝游戏。你觉得怎么样？"

达妮没吭声。

"你听见我说的吗？"艾拉问。

"嗯，你说寻宝游戏。可是……"

"可是什么？"

"这儿哪有什么宝贝可以寻啊？"

"现在是没有。所以我们先得把宝贝埋起来藏好。跟我来！"

达妮表示反对。

"我不明白，"她抗议道，"我们到底要埋什么？"

"当然是最珍贵的东西啦。"艾拉解释道。

"那是什么？"

"就在我们身上嘛。你摸摸看！"

达妮将手伸进口袋，掏出一张皱巴巴的太妃糖纸。

"哎，垃圾不算，"艾拉说，"我是说这个！"

她掏出自己的友谊项链——项链的吊坠是半颗银质的心。

另一半挂在达妮脖子上。

达妮摇摇头。

每天早晨，她都会珍惜地戴上项链，直到晚上临睡前才肯摘下来。

"说什么我都不会丢下它的！"达妮说。

可艾拉有自己的理由。

"把它埋起来不是更安全吗？万一谁弄丢了自己的一半，你知道会有什么后果吗？"

"不知道……"

"我们的友谊就破裂了。你没想过吗？"

达妮从没这样想过。一次也没有。

艾拉瞪大眼睛盯着她。

"你真的愿意冒这个险吗？"

达妮紧紧抿住嘴。两个人默默来到驼鹿生活的区域。

达妮站在栅栏外，出神地看着趴在地上，郁郁寡欢的驼鹿。

  "当斯堪森的驼鹿可真倒霉，它好歹也是森林之王。"达妮说。

  艾拉已经走开了。

  达妮急忙赶上去。

  "我们这是去哪儿？"她问。

  "去熊山。把项链埋在那儿的话，熊会替我们守护的！"

达妮咽了咽口水。

"你该不是说真的吧？"她试探地问，"就只是个游戏吧？"

可艾拉已经跑远了。

达妮愣了愣，赶紧追了上去。

她们很快来到熊山，可是一头熊都没看见。它们都躲进洞里乘风凉去了。

"它们可能在打小盹。"艾拉说。

"应该叫打熊盹。"达妮说。

"听你的。"艾拉说完，若有所思地打量着熊山四周的围墙。

"从这儿很难翻进去。"最后她得出结论，"我们还是去狼舍看看吧。"

艾拉继续往前跑，达妮继续在后面追。

可是，狼连个影子都没有。

"它们可能也在打小盹。"艾拉说。

"你说打狼盹吗？"达妮纠正道，"狼打盹和熊打盹肯定不一样。"

艾拉没理会。她刚刚又瞥见了那位保安大叔，悄悄戳了戳达妮。

"我们假装没看见就行了！"她小声说。

她们头也不回地离开了狼舍。

"喂，你们两个等一等！"保安大叔叫道。

她俩加快了步伐。

"喂！"保安大叔又喊了一声，"我有事问你们！"

艾拉越走越快，达妮也是。不过保安大叔始终紧紧跟在她们后面。

为了甩掉保安大叔，她们只好抄小路绕来绕去，结果把自己给绕晕了。

　　等想到要停下来喘口气的时候，她们才发现，自己置身于一条上坡的巷道中，两旁都是老旧的木房子和店铺。

　　这也是斯堪森的特色之一，目的是让游客体验从前的街景。

　　"我们到底为什么要跑？"达妮问，"保安大叔看着不凶啊！"

　　"跑，是游戏的一部分。"艾拉喘着粗气说。

　　倒也是，达妮心想，我们玩的所有游戏，基本上都要跑来跑去。

　　只不过这一次，感觉上并不像一场游戏。

　　"过来，达妮！"艾拉一边喊，一边冲进一幢房子的后院，"这里就是我们要找的绝佳地点。"

第 9 章

吸引艾拉的是一个小小的花园。

花园的一角栽种着一丛郁郁葱葱、全然绽放的蔷薇。

"就它了，"艾拉一边说，一边从地上捡起一块瓦片，"用来挖土正合适！"

"那我要做什么？"达妮问。

"盯梢啊。要是发现保安大叔来了，你就赶紧告诉我。"

"可是……"

"就这么说定了！"

达妮按照艾拉的吩咐，守在墙边盯梢；艾拉则一头钻进带刺的蔷薇花丛。

花丛中传来她的哀号和嘟囔。

"哎哟，哎哟！"她嚷嚷起来，"这么多刺，扎死我了！"

好在她很快安静下来，蹲在地上，开始专心致志地挖土。

没过多久，艾拉满意地抬起头来。

"快过来看，达妮！"

达妮凑上前去，仔细地打量挖出的洞。

"怎么样，不错吧？"

"嗯……"

"来，把项链拿出来。"

艾拉利落地摘下自己的项链，可达妮还在犹豫。

"算了吧，"她小声嘟囔，"我不想。"

艾拉严厉地瞪着她。

"你没听见我说的话吗？"

"可是我……"

"没有可是！"

达妮不情愿地从脖子上摘下项链，递给艾拉的那一刻，她们的目光交汇在一起。

　　艾拉将两条项链放进洞里，两枚吊坠依偎在一起，拼成一颗完整的心。

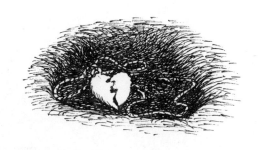

　　艾拉总算如愿以偿了，达妮心想，这时候她应该宣布游戏结束了。

　　可艾拉什么也没说，只是郑重地用挖出的泥土将洞掩埋起来。

　　"现在跟我说，达妮，"她央求道，"安息吧，我最爱的心。"

达妮清清嗓子：

"安息吧，我最爱的心。"她重复道。

"从今以后，谁都不能将我们分开！"艾拉念念有

词。

"从今以后，谁都不能将我们分开……"

"至死不渝！"艾拉说完了最后一句。

这时，外面响起的喧闹打破了平静。

"我们出去看看，达妮！"

达妮跑到墙边，探出头四下张望。

来自诺雪平的小学生潮水般涌进巷道。

他们争先恐后地闯进两边的木房子和店铺——冲进去，再冲出来。

"是谁在外面发疯？"艾拉钻出花丛，好奇地凑上来。

第 10 章

就在这时，一个梳长辫子的女孩发现了艾拉。

"在这儿！她在这儿！"长辫子女孩大叫起来，"我找到她了！"

艾拉向后退了两步，可长辫子
女孩立刻跑上前，紧紧抓住了她。

很快，艾拉就被她的同学团团
围住。

大家推推搡搡，好像押送小偷
一样，拉扯着艾拉往前走。

达妮愣在原地。

巷道口隐约出现了保安大叔的身影，达妮以最快的速度跑回小花园，躲进蔷薇花丛中。

花刺扎得她浑身生疼，可达妮咬紧牙关，蜷缩成一团，坚持一动不动。尽管如此，保安大叔还是发现了她。

只见一双厚重的大靴子朝着花丛越走越近……

接着，几丛蔷薇花枝被窸窸窣窣拨到一旁，露出了保安大叔的脸。

"你就是达妮吧？"保安大叔问。

达妮咕哝了两声，像是承认，也像是否认。

达妮是她出生时，妈妈给她起的小名。当时她胖乎乎，粉嫩嫩的，叫这个小名正合适。达妮艾尔才是她真正的名字。

"你说什么？"保安大叔问。

"我叫达妮艾尔，不过大家都叫我达妮。"

"这就对了！"保安大叔松了口气，"我找的就是你！来，跟我去找你的老师。不然你干脆就住斯堪森这儿算了。"

不要，达妮不要住这儿。她要回家，和爸爸住在一起。

"我马上就走。"她说，"等我先挖个东西出来。能稍微挪一下吗？你正好挡着道啦。"

保安大叔挪了个地方，达妮埋头挖起了土。

不一会儿，她的手指就触碰到一个硬硬的东西。达妮赶紧把项链拽了出来，紧接着又拽出了另一条。

她将两条项链塞进口袋。

"你好了吗？"保安大叔问，"我们得抓紧时间了。"

他友好地伸出手。

达妮握住保安大叔厚实的大手，一同沿着巷道往外走。保安大叔迈开大步，走得稳稳当当；达妮迈着小碎步，走得又快又急。

他们很快回到了通往斯堪森大门的自动扶梯前。

第 11 章

谁都没有注意到，一个孤零零的身影正悄悄钻入蔷薇花丛，靠近藏宝地点。

是艾拉。她又一次设法摆脱了班里同学的严密监视，悄悄溜出了队伍。

现在，她整个人蜷缩在带刺的花丛中，趴在地上，两只手到处摸来摸去。

她找了好久好久，周围都找遍了，最后才不甘心地宣告放弃。

"达妮，"她喊道，"你在哪儿？"

四下一片寂静。她的声音显得格外孤单和无助。艾拉抽泣起来。

"达妮，快来啊！我们的友谊危险了！"

可达妮始终没有出现。

此刻达妮所面对的，是因为她的擅自离队而等候多时的老师。

第 12 章

　　还隔着好远的距离，达妮就看见老师怒气冲冲的表情。

　　"你刚才去哪儿了？"老师严厉地问。

达妮害怕极了。老师以前从没对她这么凶过。

"我走丢了……"她喃喃地说。

"这件事我们等一下再说。"老师打断她的话，"全班同学都在汽车上等你。"

她转向保安大叔：

"不好意思，我的态度可能急了点。不过作为老师，碰上这种事简直要被吓死了。本来以为学生都到齐了，结果点着点着——突然少了一个！问其他人吧，谁都说不知道……"

"薇琦和米琪也说不知道吗？"达妮小声插了句嘴。

老师愣住了。

"是啊。"她说，"难道这件事，她们也参与了？"

达妮没吭声。

老师再次转向保安大叔。

"非常感谢您的热心帮忙！"

"别客气，"保安大叔说，"你们赶紧出发吧！"

老师抓住达妮的胳膊，一路小跑回汽车。

"我总算把这只迷途的小羊羔给抓回来了。"老师气喘吁吁地向全班宣布。

全班欢呼雀跃，热烈鼓掌。小酷的爸爸问：

"太好了！现在我们能走了吗？"

"当然，开车吧！"老师一屁股坐在座位上，"达妮，你也坐下。"

她指了指身旁的空位。

"现在我要你老老实实告诉我，刚才究竟发生了什么。还有，这件事是不是也和薇琦、米琪有关？"

达妮耸耸肩。

"回答我的问题！"老师命令道，"究竟出了什么事？一五一十地说清楚！"

"是她俩先做的傻事。"达妮老老实实地交代，"不过没关系，要不然我就碰不到艾拉了。"

"艾拉？有没有搞错，你简直在胡说……"老师直摇头。

就在这时，车门砰砰砰地响了起来。

小酷的爸爸正在减速拐弯，听到动静赶忙停了下来，回头望着老师。

"怎么，还有一只迷途的小羊羔吗？"

"没了啊，全班都齐了。"老师说，"要不开门看看什么情况吧。"

车门"嘎吱"一声打开了。艾拉一个箭步冲了进来，一双眼睛哭得又红又肿。

车厢里顿时一阵骚动。

"我是来找达妮的，我有件事要告诉她。"艾拉一边用沙哑的嗓子说，一边焦急地四下张望。

可当她瞬间被老同学的目光包围时，艾拉完全忘记了自己的使命。

"嘿，小酷！嘿，史瑞克！"

她冲大家挥了挥手，然后转过头，望着自己以前的老师:

"我能坐你们的车走吗？"

　　"傻孩子！"老师"扑哧"一声笑出来，"我们去的
不是同一个地方……"

　　没等老师说完，一个身影从车门冲了上来。

原来是艾拉在诺雪平的老师。

"艾拉！"她生气地嚷嚷，"你在这儿干吗？"

艾拉这才想起她的任务：

"我是来找达妮的，我有件事要告诉她。"

"所以呢，你就有理由光明正大地玩失踪了？"

艾拉急得直跺脚。

"我没有玩失踪。你看，我不是在这儿嘛！"

诺雪平的老师撇撇嘴角。

"就今天一天，这已经是她第二次脱离集体擅自开溜了，"她喋喋不休地抱怨道，"这丫头简直疯了！"

"不能这么说！她只是有点自我，有点任性，想到什么就做什么。"艾拉以前的老师替她辩解道。

诺雪平的老师哼了一声，一个箭步上前牢牢攥住艾拉，将她往车外拽去。

艾拉拼命挣扎，伸出两只胳膊，紧紧抱住冲上前来的达妮。

"达妮，"她嘶哑着嗓子说，"我们的友谊危险了！"

可诺雪平的老师继续拽着她往外走。

"我们什么时候再见？"艾拉带着哭腔问。

"我们……"达妮不知该如何接下去。

"等下次再见的时候，你们就再见了。"小酷帮达妮补充了一句。

诺雪平的老师拿出搬运圣诞树的架势，将艾拉夹在胳膊下面，头也不回地走远了。

达妮的老师透过车窗往外看。

"看起来情况不妙啊。"她喃喃自语。

达妮不忍心看，可又舍不得不看。全班同学都紧紧盯着窗外。

艾拉的身影很快消失了。

回程的路上，车厢里显得特别安静。

老师似乎已经不生达妮的气了。

"我还以为那些话是你编的呢！"她叹了口气，"瞧我这老糊涂，差一点就错怪你了。"

"老糊涂？"

达妮满脸疑惑地望着老师。

"上了年纪的人都会这么说。"老师解释道。

达妮似懂非懂地点点头。

大人们说的很多事，和生活中的都不一样。但有一点是千真万确的：

艾拉不快乐。艾拉很难过。

所以达妮也很难过。

第 13 章

  达妮顺利升入了二年级，按照学校传统，她和其他二年级的小学生一起，前往斯堪森露天博物馆郊游。

  小酷的爸爸将汽车开回学校，停在操场边。达妮下了车，一步一挪地往幸福大街的方向走去。

  她现在又困又累，只想早点见到爸爸。

  她想钻进爸爸的怀里，和爸爸说好多好多的悄悄话。这是只属于他们父女的温馨时刻。

可事情的发展并不是她想象的那样。

一走进黄色房子的家，迎接她的就是客厅里传来的欢声笑语。沙发上坐着两个人，爸爸和薇拉。

"你好啊，达妮！"爸爸用意大利语冲她打了声招呼。

爸爸显然正在展示他的意大利式幽默。

"你好，达妮！"薇拉微笑着对她说。

达妮极力掩饰着自己的失望。

"过来抱抱吗？"爸爸冲她张开双臂。

达妮将目光移向餐桌。餐桌布置得很隆重，还有透明的高脚杯和彩色的餐巾纸。厨房里飘出阵阵诱人的香味。

"你饿了吧？"薇拉满心期待地问。

没等达妮回答，薇拉已经站起身，快步走进厨房。

达妮闷闷不乐地注视着薇拉的背影。

"她去干什么？"达妮疑惑地问。

"你马上就知道了。"爸爸故意卖了个关子。

话音刚落，薇拉已经出现在厨房门口，手里端着一大盘色泽金黄的烤仔鸡。

达妮的目光黯淡下去。

"又怎么了？"爸爸问。

"我不吃小宝宝。"达妮说。

"小宝宝？"

"仔鸡就是母鸡的小宝宝！你难道不知道吗？"

"你从什么时候开始不吃小鸡的？"

"就从这个暑假开始的。"

这话倒是一点不假。暑假期间，达妮和艾拉曾在篝火前发誓，绝对不吃那些未成年动物的肉。

当时，达妮和艾拉、艾拉的妈妈，以及艾拉多出来的爸爸乌夫一起住在小岛上。远在斯德哥尔摩的爸爸对此毫不知情。

"我们家的规矩是，做什么就吃什么！"爸爸的态度很坚决。

"可艾拉和我……"达妮试图争辩。

爸爸终于爆发了。

"够了！"

这句话是用意大利语说的，爸爸的语气格外严厉。

达妮的嘴唇不自觉地颤抖起来。

她已经很久没哭过了，可泪水还是不争气地漫过眼眶。达妮仰起头，用力咽了咽口水，想要让眼泪流回肚子里。

大家刚要就座，爸爸突然发现达妮的一双手还脏兮兮的，于是让达妮先洗手再吃饭。

达妮走进卫生间，在水龙头下仔仔细细地搓了每一根手指，洗了好长好长时间，才又回到餐桌边坐下。可爸爸似乎仍不满意。

"你还没谢谢薇拉上次带你们出去玩呢。"爸爸说。

几个星期前，爸爸还住在医院的时候，薇拉曾经带着达妮和艾拉去自己的姐姐那里，和她们一起骑冰岛马。

"谢谢。"达妮嘟囔了一句。

"骑马的事，都没怎么听你提过。"爸爸说，"你们玩得开心吗？"

"还凑合。"达妮答道。

爸爸皱起眉头。

"什么叫还凑合？"

达妮没吭声。

骑冰岛马的经历简直糟糕透了，可爸爸并不知道。

第 14 章

事情是这样的。

她们去的时候，薇拉的姐姐丽瑟特刚巧不在家，这倒不是问题。

薇拉经常帮忙照料马匹，很熟悉这些马的习性。再说，丽瑟特已经事先为她们挑好了两匹冰岛马，就拴在马场旁边。

"这匹叫小野。"薇拉指着一匹棕色的母马介绍道。

接着，她指向另一匹有着浅色鬃毛、敦敦实实的公马，介绍说它叫小壮。

艾拉迫不及待地跑上前去，亲昵地拍了拍两匹冰岛马。达妮则有些犹豫，谨慎地保持着安全距离。

"你想骑哪一匹马？"薇拉问达妮。

"我也不知道，"达妮想了想，"要么就那匹好了。"

她指了指敦敦实实的那匹。

"小壮？"薇拉问，"你想选小壮？"

"嗯，小野会不会比较容易撒野啊？"达妮说出了自己的担心。

"不会，这两匹马都很温顺……"薇拉安慰道。

"那我就选小壮好了。"达妮决定了，"它应该跑不快。"

"可别小看它哟！"薇拉打趣道，"小壮要是一发力，速度也相当可以。"

这话什么意思？光从名字来看，小野的确更难驯服嘛！

薇拉备好马鞍，将小野和小壮从马厩里牵了出来。她先将达妮抱上马背坐好，交代完注意事项，然后才去艾拉那边帮忙。

达妮紧张地环顾四周。天空阴沉沉的，风嗖嗖地刮，大片大片的乌云笼罩在树顶上方。

艾拉不需要帮忙。她上过马术学校，对小马就像对豚鼠一样熟悉。

艾拉利落地坐上马鞍，调整脚蹬，攥紧缰绳，小野不耐烦地在原地踱着步，随时准备向马场进发。

　　"太棒了，艾拉，"薇拉微笑着说，"我牵着小壮走前面，你跟着就行。"

　　说完，她牵起小壮的缰绳。

　　"我先带你一段。记得挺直腰板，达妮！"

　　达妮赶紧调整了自己的坐姿。

薇拉牵着小壮，绕着马场的跑道兜了一大圈，感觉似乎还不错。

　　热身结束后，薇拉对达妮说：

　　"现在我去马场中间盯着，把缰绳交给你控制，可以吗？"

　　"嗯，"达妮说，"应该可以吧。"

可还没等薇拉走出多远，小壮就在草垛前停了下来，埋头大吃大嚼。它显然是饿了。

"过来啊，"薇拉冲她喊道，"双腿夹紧，达妮！"

达妮知道双腿夹紧是什么意思，艾拉曾经教过她：夹紧双腿，轻轻敲击马腹两侧，就能催动马匹向前走。

达妮试着夹了两下，可小壮丝毫没有要走的意思。

"再用力一点。"薇拉喊道。

达妮加大了双腿的力度。

小壮晃了晃脑袋，找到另一丛草垛，继续大吃大嚼。

薇拉一路小跑赶了回来。

"它今天吃过东西了吗？"达妮问。

"吃过了啊。"薇拉答道，"来，小壮，跟我走！"

小壮抬起头，亲昵地蹭了蹭薇拉，然后慢悠悠地挪了两步。

薇拉牵着小壮，继续沿着跑道绕圈。

绕了一圈又一圈。

马场另一头，小野正迈着轻快的步伐，踢踢踏踏地往前走。

艾拉时不时回过头，兴奋地冲达妮挥手。

与此同时，达妮内心的不安越来越强烈。

突然，小壮又停了下来。

这一次，薇拉完全没有注意到。看着小壮绕圈的情况不错，她将缰绳交回达妮手里，重新回到马场中央。现在，她正饶有兴致地欣赏艾拉和小野从慢步切换到快步。

达妮觉得，站在原地倒也不错。她惬意地打量起周围的风景。

突然一阵风吹来，意想不到的事发生了。

伴随着窸窸窣窣的声响，一只黑色垃圾袋迎面飞了过来。

　　小壮高高仰起头，耳朵拼命向后绷紧，紧接着，还没
等达妮反应过来，小壮已经嘶鸣着一个箭步冲了出去。

　　突然出现意外情况的时候，马儿是很容易受惊的，哪
怕一只塑料垃圾袋也会惊到它们。

　　达妮惊恐地紧紧抓住马鞍。

"快拉缰绳，达妮！"艾拉着急地大喊。

可缰绳早就从达妮手里滑脱了出去，脚蹬也在慌乱中挣脱了。

达妮狼狈不堪地拽住了小壮的鬃毛，直到小壮突然放慢速度，猛地一下弓起马背。

惯性作用下，达妮被甩了出去……

……然后"哐当"一声，重重落在地上。

她闭着眼睛，一动不动地躺着。

薇拉立刻冲上前去。

"达妮，"薇拉跪在达妮身边呼唤她的名字，"你能听见我说话吗？"

达妮没有回答。

艾拉急忙拉动缰绳，等小野停稳后，翻身跳下马鞍，以最快的速度跑了过去。

"达妮该不会摔断脖子了吧！"她气喘吁吁地问。

"那倒没有，"薇拉说，"看样子她昏过去了。"

"天哪！"艾拉急得快要哭出来，"达妮，醒醒啊！"

就在这时，达妮睁开了一只眼睛，努力想要坐起来，但被薇拉按住了。

"躺着别动！"

　　“你在空中翻了个跟头！”艾拉告诉她。

　　达妮看了看艾拉，勉强挤出一丝微笑。

　　“真的吗？我这么厉害？”

　　“那当然，你可厉害了！”艾拉说。

“你觉得恶心吗？”薇拉问。

“有点。”达妮老老实实地承认。不远处，小壮又停在草垛前，埋头大吃大嚼，似乎什么事都没发生过。

达妮又想坐起来，可薇拉又一次拦住了她。

“现在你必须保持平躺，你这一摔，可能会有轻微的脑震荡。”薇拉边说，边用外套垫在她脑袋后面充作枕头。

达妮乖乖地躺在外套枕头上，一动也不敢动。

接下来的时间里，马场里就剩下艾拉和小野绕圈奔跑的身影，达妮只能眼巴巴看着。

艾拉骑马的技术真不错，看着也是一种享受。

达妮渐渐放松下来，也不觉得那么恶心了。

但关于达妮坠马这件事，谁都没有告诉达妮的爸爸。

达妮自己一个字都没提。

薇拉也没有。她甚至不敢去想，达妮万一有个三长两短该怎么办。

果真出了什么事，她要怎么向乔尼交代？薇拉越想越后怕。

现在爸爸出院回家了，他们三个围坐在餐桌边正准备吃晚饭，这是个好机会。达妮决定，把马场发生的事一五一十地讲出来。

可她还没来得及开口，门铃突然响了。

会是谁呢？

"达妮，去开下门。"爸爸说。

第 15 章

门外台阶上，站着达妮的外公外婆和她的表哥斯文。

"我们过来看看，你爸爸身体恢复得怎么样了。"外公解释道。

"他在里面坐着呢。"

达妮朝客厅的方向努努嘴，那里隐约传来爸爸和薇拉断断续续的交谈声。

"家里还有别的人在啊？"外婆问。

"嗯……"

外公外婆进了门，好奇地往里看。

外婆的脸一下子拉长了。

不过外公倒是乐呵呵的。斯文一个劲儿地问，什么东西闻起来这么香。

"是薇拉做的烤鸡。"爸爸说，"来吧，一起尝尝。"

外公搬了几张椅子过来，薇拉麻利地准备好他们三个人的餐具。

爸爸用刀将烤鸡切成小块，依次递到每个人的盘子里。

爸爸特意为达妮切了一只烤鸡翅，就在他递过去的时候，达妮突然挪开了盘子……

……烤鸡翅"啪嗒"一声掉在餐桌上。

爸爸的脸涨得通红。

"不可以这样做，达妮！"爸爸怒气冲冲地说。

达妮的眼泪瞬间涌了出来。

"又不是什么大事！"薇拉边说边捡起鸡翅，"我去给达妮热一根玉米棒好啦。"

薇拉刚一转身走进厨房，外婆立刻开始连珠炮似的发问。

"她怎么会在这儿，乔尼？"外婆的口气又气又急，"你就不能替达妮想想吗？她不想家里有外人，只想要爸爸陪着自己，这有错吗？"

"达妮未必这么想，"爸爸答道，"再说了，我们今天早上聊过这件事，对吧，达妮？薇拉来家里做客，你也挺欢迎，挺高兴的吧？"

达妮低头盯着餐桌，烤鸡翅留下的那块油渍越来越大。

"我看好像不是这么回事。"外公皱起眉头，担忧地说。

"我怎么可能高兴嘛……"达妮抽抽搭搭地说。

"就是，她怎么可能高兴嘛！"外婆附和道。

"我怎么可能高兴嘛，"达妮又重复了一遍，"艾拉难过得都快哭了。"

"艾拉？"外公惊讶地问。

"她和这件事有什么关系？"爸爸显然也吓了一跳。

答案没有人知道。

达妮丢下一桌人，跑回自己的房间，"砰"的一声关上了门。

第 16 章

两只小豚鼠雪雪和球球听见关门声，不安地吱吱叫起来：肯定出大事了！

"别害怕。"达妮将它们从笼子里抱出来，轻声安慰道。

她在口袋里掏了半天，掏出的却不是雪雪和球球平时爱吃的葵花籽，而是一把日本太妃糖的糖纸。

还有两条友谊项链！

"你们想要知道在斯堪森发生了什么吗？"达妮对着雪雪和球球说道，"这个家里，只有你们肯听我说话。"

　　雪雪和球球竖起耳朵。

　　不过它们也没能知道。因为达妮正屏住呼吸，偷听客厅里的动静。

　　外婆和爸爸似乎吵得很厉害。

　　达妮悄悄溜到门边，拉开一条门缝往外看。

　　"艾拉这个，艾拉那个！"爸爸不耐烦地嚷嚷，"她每天说的，除了艾拉，还是艾拉！"

　　"这也不奇怪，"外婆尖锐地反驳道，"她身边就没几个亲近的人。除了我和她外公，就只有一个做事没头没脑的爸爸！"

　　"乔尼这么说也没有恶意嘛！"外公赶紧出来打圆场，"他不也是替达妮着急嘛。"

"她还有我呢！"斯文插了句嘴。

"还有班里的同学。"外公试图缓和气氛。

可外婆并不买账。

"什么同学？你是说那几个经常欺负她的淘气包？"

达妮悄悄掩上了门，可没过多久，斯文推开门走了进来。

　　"艾拉为什么难过得快哭了？你能告诉我吗？"

　　"因为她的同学都很讨厌！"达妮说，"她的老师还说她疯了……"

　　"其实她没疯？"斯文问。

　　"当然没有！不过再这么下去，她迟早也会被逼疯的。"

　　斯文听得一头雾水。他对艾拉的情况没什么兴趣，只是想要找个办法，让达妮赶紧回到客厅，回到大家中间。

　　"我们这就给艾拉多出来的爸爸打电话！"他从口袋里摸出手机，兴致勃勃地提议道，"我有乌夫的手机号码。他什么都能搞定。"

达妮惊讶得下巴都快掉下来了。

"你经常给他打电话吗？"

"还行吧，不算很多。"斯文抓抓脑袋。

"不多是多少？"

"一天也就两三次吧。我们是哥们儿。"

"真的吗？"

自从暑假去小岛上玩了一趟之后，斯文也把乌夫当作自己多出来的爸爸。这一点达妮并不知道。

他们的交情始于乌夫邀请斯文试驾他新买的摩托艇，后来，他还教斯文如何撒网捕鱼，再后来，他们顺理成章地交换了手机号码。

斯文在手机上按下一串数字，然后打开了免提。

"你好啊，斯文！"电话那头传来乌夫的声音，"我刚想打给你呢，你都好几个小时没来电话了！"

"我这不一直没抽出空嘛。"

"是吗？看来有新情况啊。"

　　“没错。达妮今天在斯堪森碰到了艾拉，她说艾拉快被逼疯了。”

　　乌夫叹了口气：

　　“她在的那个班的确很糟糕。”

　　“你不能帮帮她吗？”斯文问。

　　“我们一直在想办法。”乌夫说。

　　“你可以找她的老师谈谈。”斯文提议。

　　“是啊，我和艾拉的妈妈都找她的老师谈过。不止一次。可没什么用。”

"那她就应该换一个班，"斯文说，"要么干脆换一个学校。我就是这么做的，情况一下就变好了。"

"真的吗？那我们问问艾拉的意思。"

达妮激动地直点头。

不过，无论是换班级还是换学校，都需要一段时间。有什么事能让艾拉立刻快乐起来呢？

达妮灵机一动，突然有了主意。她示意斯文挂掉电话，然后赶紧跑回客厅。

第 17 章

餐桌边的气氛仍旧很紧张。薇拉也不见了踪影。

她去哪儿了呢?

爸爸冲达妮张开双臂。

"来,坐到我身上来!"爸爸央求道,"好久都没和我的宝贝女儿亲昵亲昵了!"

达妮扭扭捏捏地不肯过去,爸爸一把将她抱坐在膝盖上。

"外婆非要说,你不高兴全赖我!"

"放开我!"达妮用力挣脱爸爸的怀抱,跑开了。

她冲进厨房,一眼就看见站在水槽边洗碗的薇拉。

达妮也不绕弯子,上来就是一句:

"你能帮我一个忙吗，薇拉？"

"什么忙？"薇拉拿起一只要洗的盘子，语气有些不耐烦。

"你能带上我和艾拉，再去骑一次冰岛马吗？"

薇拉一瞬间有些失神，险些没抓住盘子。她赶忙用另一只手扶了一下，然后将盘子放在水龙头下冲洗。

"你真的还想再去骑马吗？"薇拉问。

"不，我不骑。"达妮解释道，"是艾拉想骑！我在旁边看着就行！"

薇拉关掉水龙头，将盘子放在一边。

"我明白了，"她说，"你这么做，是想让艾拉高兴？"

"是的……"

"艾拉高兴了，你也就高兴了？"

"对，非常非常高兴！"

薇拉想了一下。

"我这周六正好要去姐姐家。"

她又想了想。

"那就一起吧。"她最后说，"我们就这么说定了……"

达妮眼前一亮，这次她可没忘记道谢。

"谢谢！"她说，"太谢谢了，薇拉！你不知道这对我有多重要。"

　　然后，她帮着薇拉擦干所有玻璃杯，一只只放进橱柜。然后坐在餐桌边，将薇拉热好的玉米棒啃得干干净净。

第 18 章

正餐之后是甜点时间：加了蛋白酥和热巧克力酱的冰淇淋。

"上次骑冰岛马的事，都还没听你们提过呢。"爸爸又绕回到这个话题。

"我们说好了，很快会再去一次。"薇拉用轻快的口吻宣布道。

"真的吗？骑马有那么好玩啊！"

"现在我们要专心吃冰淇淋了。"达妮说。

关于骑马的讨论到此结束。

斯文拿出了他压箱底的几个脑筋急转弯。第一题是这样的：

"什么东西看得见，却摸不着？"

"烟。"薇拉猜。

"回答正确。"斯文说，"下一题：一年中，哪一个月有二十八天？"

　　"二月！"达妮的外公抢答道。

　　"回答错误！"斯文得意扬扬地说。

　　"每一个月都有二十八天。"薇拉说。

　　"回答正确！下面请听第三题：绕地球圈数最多的是谁？"

　　没等大家回答，达妮的爸爸突然提起了另一个话题：刚才的烤鸡味道如何。

"还不错。"达妮的外婆咕哝了一句，顺手拿起沙发旁边的意大利语报纸翻看起来。

　　外婆正在学习意大利语，争取将来有一天，能陪达妮一起去罗马看望她的爷爷奶奶。

　　"烤鸡的味道好极了！"外公说完，打开电视看起了新闻。

"玉米棒超级好吃！"达妮说，"是我吃过最好吃的玉米棒！"

"绕地球圈数最多的是谁？"斯文不耐烦地重复了一遍。

"月亮。"薇拉答道。

"回答正确！"斯文欢呼起来，"薇拉全都答对了！满分！"

"薇拉真厉害！"达妮的爸爸称赞道。

他完全不知道，薇拉和斯文买了同一个牌子的牛奶盒，上面的脑筋急转弯她全都看过。

他还以为，薇拉真的很聪明！

第 19 章

送走了所有客人后，家里终于只剩下达妮和爸爸两个人。

"总的来说，今天这样还是挺愉快的。"爸爸说，"你觉得呢，达妮？"

"什么？"达妮盯着即将熄灭的蜡烛，漫不经心地问道。

"和薇拉在一起啊。"

"哦，"达妮含混地应了一声，"我还以为你说玉米棒的事呢。"

"你不觉得我说的也很对吗？"爸爸很坚持。

"凑合吧。"达妮学着外婆的口气，敷衍了一句。

爸爸陷入了沉默。

之后很长一段时间里，爸爸和达妮都没有说话。只有厨房里的收音机在自言自语。

　　还是达妮率先打破了僵局。

　　"那妈妈呢？"

　　爸爸愣了一下。

　　"你已经把她忘了吗？"

　　"我怎么可能把她忘了？"

　　"可你也喜欢薇拉，对吗？"

　　"对。非常非常喜欢。"

爸爸站起身，达妮看见他的眼眶里盈满了泪水。

尽管妈妈已经离开五年了，可每一次提到妈妈，爸爸都会伤心落泪。

爸爸一瘸一拐地走出客厅，达妮躺在沙发上，将猫咪抱在胸口。

"我永远也不可能忘了艾拉。"她边说，边抚摸着猫咪的脑袋。

猫咪若有所思地眯起眼，打量着她。

"可我也喜欢你啊！"她赶紧补充道，"非常非常喜欢！"

她惬意地伸了个懒腰，开始酝酿一首写给艾拉的小诗。

达妮的脑海里会突然冒出各种各样的想法，这些想法串起来，就是一行行小诗。

艾拉！艾拉！艾拉！你是我心中最美的一朵花！

你快乐，我也快乐。

你难过，我也破碎成好多片的我！

小诗的第一段写完了。

虽然格式和韵脚都很奇怪，可达妮还是感到非常满意。因为这是她最真实的心声。

她刚想要继续往下写，电话铃突然响了。

是艾拉！回到诺雪平之后，艾拉就一直想给达妮打电话。可她哭得实在太厉害，电话里的声音断断续续，达妮好容易才听明白。

"我……我找你，就是……就是要和你说件事，"她抽抽搭搭地说，"有人……偷走了……我们藏的……宝贝！"

达妮一屁股坐在电话旁的椅子上，咯咯笑起来。

"我早知道啦！"

艾拉立刻停止了抽泣。

"你怎么会知道的！"

"因为那个人就是我！"

过了好一会儿，艾拉才恍然大悟。

她先是屏住了呼吸，然后像是见到雨后的彩虹一样，爆发出阵阵欢呼。

"干得漂亮！"她的声音太过激动，震得听筒嘶嘶响，"我们什么时候再见？"

这一次，达妮的心中已经有了答案。

"这周六。我们跟着薇拉，再去骑一次冰岛马。"

艾拉兴奋地尖叫起来。

"也就是说，我再忍上几天就行啦！"

"你是指你的同学和老师？"

"还有所有乱七八糟的事。只要能再见到你，这些都不算什么！谢谢你，达妮！我的生活又有希望了！"

"小事一桩。"达妮说。

"晚安，晚安！"

"晚安！"达妮高兴地笑了。

第 20 章

达妮脱掉衣服，认认真真洗了个澡，然后换上睡衣，钻进温暖的被窝。她的脸上始终挂着满足的微笑。

爸爸进来和达妮说晚安。

"其实今天，薇拉来家里做客也没什么，"达妮说，"我决定原谅你这一次。"

"谢谢，达妮。"爸爸边说，边为豚鼠的笼子罩上毯子。

"你们在斯堪森玩得怎么样？"爸爸突然想起来今天的郊游，于是问了一句。

"挺好的。"达妮答道，"我碰到了艾拉。"

爸爸不由得提高了嗓门。

"艾拉，又是艾拉！你们班究竟有几个同学？"

"二十二个。"达妮答道，"怎么了？"

　　"这么多同学里面，你总能再找个朋友吧？"

　　"可以是可以，"达妮打了个呵欠，"可是找不到最好最好的好朋友。"

　　"达妮，你要知道，像你和艾拉这样，两个人住得这么远，就算是好朋友也很难经常见面的。"

　　爸爸的手机突然响了。

　　"稍等一下。"他边说边走进客厅接电话。

达妮伸出胳膊，将罩在豚鼠笼子上的毯子稍稍掀起一角。

"你们听见了吗？"她小声说，"他们总想把我和艾拉拆开！讨厌，讨厌，真讨厌！可他们办不到，我和艾拉一定会再见的！"

雪雪和球球似懂非懂地晃了晃脑袋。

"要是每个人都懂得体会，懂得珍惜自己的快乐该多好！"达妮感慨道。

雪雪和球球面面相觑：她在说什么呢？

每当雪雪和球球感到快乐时，它们的眼睛里总闪着晶莹的光。

"晚安，早点睡！"达妮罩好毯子，躺回自己的小床上等着爸爸。

他的电话怎么打了那么长时间？

"是薇拉。"爸爸终于回到达妮的床边，"她觉得，我今天对你的态度很糟糕。"

达妮闭上眼睛。

爸爸怎么还在纠缠这件事？她不是已经原谅他了嘛。

可爸爸还在继续自言自语，仿佛心里有太多的话需要倾诉出来。

"我不是故意的。你知道吗，达妮，爸爸希望你永远快快乐乐的，永远不要伤心和难过。"

爸爸用恳求的目光望着达妮，可达妮耳边的声音越来越模糊。今天真是漫长而曲折的一天，她累了，只想要好好睡一觉。

爸爸注意到达妮的疲惫，亲了亲她的额头。

"我爱你。"他喃喃自语，既说给达妮，也说给自己听，"我也不知道自己今天是怎么了。"

"我要睡觉！"达妮像猫咪那样往被子里钻了钻，将身体蜷缩成一团。

爸爸关了灯，轻手轻脚地走出房间。

"晚安，艾拉。"达妮朝着诺雪平的方向咕哝了一句，"总算能睡个好觉了。我们很快就能再见，很快很快，就这周六！"

她想了想。

"我也需要再忍上几天，"她补充道，"我也有一堆乱七八糟的事。"

说完，她甜甜地睡着了。

著作权合同登记号：图字 01-2021-1578

图书在版编目（CIP）数据

再见时说再见 / (瑞典) 罗莎·拉格克朗兹著；
(瑞典) 爱娃·艾瑞克松绘；王梦达译. — 北京：人民
文学出版社, 2021
（达妮和最好的朋友）
ISBN 978-7-02-012559-3

Ⅰ.①再… Ⅱ.①罗… ②爱… ③王… Ⅲ.①儿童小
说 - 中篇小说 - 瑞典 - 现代 Ⅳ.①I532.84

中国版本图书馆CIP数据核字(2021)第049464号

责任编辑　朱卫净　　李　殷　　杨　芹
装帧设计　汪佳诗

出版发行　人民文学出版社
社　　址　北京市朝内大街166号
邮政编码　100705

印　　制　上海盛通时代印刷有限公司
经　　销　全国新华书店等

字　　数　66千字
开　　本　890毫米×1240毫米　1/32
印　　张　4.625
版　　次　2021年4月北京第1版
印　　次　2021年4月第1次印刷

书　　号　978-7-02-012559-3
定　　价　32.00元

如有印装质量问题，请与本社图书销售中心调换。电话：010-65233595